シルヴィア・プラス詩集

吉原幸子　皆見昭　訳

追跡

森の奥、あなたの像《すがた》がわたしを追う。
——ラシーヌ

ひそかにわたしを従《つ》けてくる豹がいて
いつかわたしを殺そうと狙っている。
欲望で森を燃え上がらせながら
太陽よりも堂々と彼は歩く。
足取りもなめらかに、すべるように、
いつもわたしの背後を進む。
細長いつがの木から、鳥が不吉に啼きたてる。
狩りが続いて、わながはねる。
いばらに痛めつけられながら、わたしは岩場を歩く、
真昼の暑さにやつれ果てて。

豹の血管の赤い網目に沿って
どんな望みが、情熱が、脈打っていることか。

わたしたちの先祖が楽園で犯した愛の罪を
担ったこの土地を、豹はしつこく荒しまわる
血を、赤い血を流したい、と叫びながら。
彼の口の生傷を肉がいやさねばならない。
肉を裂く歯はあくまで鋭く、
燃える毛皮の激情は甘たるく、
そのくちづけは生命《いのち》を吸い、手はいばらのように皮膚を裂き、
運命がついにその食欲を満たしきる。
この凶暴な猫の通り道には、
歓びの火をたいまつのように灯されて、
奪われ焼け焦げた女たちが倒れ、
彼の欲望の餌食となるのだ。

今、山々は威嚇を宿し、死の影を産む。
暑い森に真夜中の帳《とばり》が下りる。

あの黒い略奪者は、愛の引き綱にひかれて、
しなやかな足取りでわたしの跡を慕う。
わたしの心の眼の中で、からみ合った茂みの蔭に
あのみずみずしい獣がひそむ。夢の中にも待ち伏せて、
肉を引き裂く鋭い爪と、
飢えきった、張り切った腰が輝く。
彼の熱情がわたしを捕え、森を照らす。
わたしは顔をほてらせ、あわてて逃げる。
あの黄色く光る眼がわたしの心を焦がす時
鎮めてくれる安らぎの場所がどこにあろうか？

彼の歩みを止めようとわたしは心臓《ハート》を投げ与え、
彼の渇きをいやそうと血をしぼり出す。
豹は貪り、まだ満たされず、
わたしのすべてを犠牲《いけにえ》にするよう強いる。
その声はわたしを待ち受けて、恍惚の呪文をかける。
森のすべてが焼きつくされて灰にかわる。
ひそかな望みに驚いて、わたしは走る、

そんなまぶしい追求を避けようとして。
恐怖の孤塔にとじこもり、
あの暗い罪に扉を閉ざし、
念入りに錠をかける
血が騒いで耳で脈打つ。

豹の足音が階段に響き、
わたしの心にひたひたと迫る。

森の神《フォーン》

森の神のようにかがみながら、その男が
月光きらめく白い沼地の林からほうほうと叫ぶと、
枝さし交わす森のふくろうたちがさわぎだし、
その男の呼び声に応えて、いっせいに
闇の中で羽ばたき、目をこらしたものだ。

川岸をよろよろと家路に向かう
酔っぱらったおばん鳥ののろい羽音だけが聞こえ、
星は川にも沈み、星の眼の
二重の光が列をなして
ふくろうたちの大枝を照らした。

黄色い眼《まなこ》の円形闘技場《アリーナ》は

彼の姿の変わりようを見守り、
蹄が固まり山羊の角が芽生える
様子をしかと見とどけた。神が立ち上がって
扮装したまま森の奥へと走り去るのを。

婚礼を飾る花輪

一度限りのこの決めごとに立ち会う者が
緑の木の葉だけだとしても、
ふくろうだけが「はい」と言い、牝牛たちが
賛成のうなり声をあげるだけでも、構いはしない。
輝く法衣を着た太陽に二人を静かに祝福させよう。
二人の簡素な契りには二重の幸運が付き添うはず。

刺すいらくさの僧院に一日中臥して
横たわる二人のそれぞれの感覚をサヤヌカグサの
強い香りが刺激する。純粋な愛の化身となって契り合い
二人はその求め合う闘いを通してただ一つの生をさぐる。
さあ、今は愛にふさわしいこの聖堂《チャペル》での婚礼に
ためらいを捨て去る宣誓の儀式を行なうがいい。

木の葉の茂る礼拝の通路いっぱいに、
勝ちほこって旗をなびかせ、見守る鳥たちを集めよう。
獣たちに賑やかな声を合わせて歌わせよう――「ごらん、何と見事に
翼を震わせている儀仗兵たち！」と。
満天の星さながらに言葉をちりばめた夜の空よ、祝福したまえ
天使のように二人が燃えて一つになる幸せのクローバーの野を。

この聖なる日から、風に吹かれる花粉はすべて
たぐい稀《まれ》なる一つの種子を運びはぐくむに違いない。
ひと吹きごとにかくも豊かな風は地上にもたらす、
地上で果実を、花を、そして子供たち――争いの元の〝恐龍の歯《ドラゴン》〟を
打ち滅ぼしてくれるすばらしいその軍団を。
この約束の言葉と共に現し身は結ばれて、栄《はえ》ある未来を迎えますように。

水晶球占い師

ガードは、彼女の黒テントの中で
幾年月もの陽にさらされたやせた顔と
つらい仕事でやつれ果てた皮膚を見せて、
ひょろ長い脚を組んで坐っている。けれど彼女の手の中では
みがいた球がいつも変わらず爆薬のように輝いて、
レンズとなって時の三つの地平をまぜる。

この女の占いを求めてやって来た若い二人、
誓いを固めたばかりの初々しい恋人たち、
「僕らの未来はどうなりますか、
吉ですか、凶ですか」ガードが二人を眺めやると
互いにいかにもむつまじそうで、世の荒波にも耐えると思えた。
ゆっくりと彼女は水晶球を廻す。

「がんじょうなりんごの木が二本見えるよ、からみ合った枝でつながれて。

おまけに、あたり一面に、たくましく若木が伸び出ているのが見える。この家じゃ、毎日が繁盛、畑の収穫《とりいれ》も上々だろうし、よいお日和で果物の実りも多い」


「それでは、苦しい目に逢うことはないんですか。僕たちはどんな試練にも耐えるから隠さずに言ってください」

花婿の言葉を花嫁もくり返す。

ガードは球をキラリと回してうなずく。「ひどい嵐が若枝を吹き折るかもしれないね。それでも果樹園は前にも増して栄えるだろうよ」


安い占い料を支払って、結ばれたばかりの二人は暗いテントを去って行く、陽のあたる洋々たる未来に迎えられて。

ただひとり、ミイラのようにかがみこんで、
超能力のその石英をガードは眺める。
かつて彼女自らの望みに応えて、授かったこの千里眼。

その頃のガードは気ままな小娘、自然に備わる女の知恵よりも
更にすぐれた能力を自由に操ることに憧れた。
愛する男の心の真実《まこと》と
自分たち二人の未来を予知しようと、
教会の掟に背いて、悪魔を雇う
暗黒の術を知ろうとした。

最後の裁きの稲妻が閃めいて夜を貫いた。
光の中に神のみわざがつなぎとめられて
あらゆる時の昼の陽を一つに集めた。
そしてみじめなガードは、時の核心を
見透した人たちの心を石にしてしまうゴーゴンの
恐しい予言をありありと見てしまった。

その時ガードが見たものは、月の表面さながらに
彼女の心に穴を穿った。春の若芽がどれもみな
縮まってその源で灰となり、
愛は燃えつき、抜けがらだけが残る——
そして、その水晶の中心には、歯をむき出して、
大地の不滅の死の頭《こうべ》が不吉に笑い続けていたのだった。

ハードカースル断崖

火打石さながら、彼女の足は、
はがねのような堅い路面に激しい音を響かせ、
黒い石造りの町から
月光が青く照らしだす曲り道を区切りとって鋲打っていくので、
大気がすばやくその火をほくちに移して

立ち並ぶ暗い小さな小屋の壁から壁へと
こだまの花火をポンポンと打ち上げるのがきこえた。
けれど、壁が終るとこだまも消えて、
野が開け、絶え間なく沸き立つ草むらが
真盛りの月光を浴びて、
風にたてがみをなびかせながら走っていた。

月に操られる海がその奥深くから
揺れ動くのに似て、疲れも知らず、二者一体となって。
霧の幽霊が向うの深い谷から湧き、肩の高さまで
立ちこめていても、

それはなじみの肉親の姿にも変わらず、
空白の彼女の心を満たしてくれる言葉もなかった。
人々の夢が群がる村を離れた後は
もはや夢を見ることもなかったし、
睡り男の砂粒も

彼女に踏まれて、輝く魔力を失った。
吹き荒ぶ風は、彼女の身体《からだ》を削り取り
一つまみの焰に変えながら、外耳の中でやかましく鳴って、
彼女の頭は、えぐられたかぼちゃのように
騒音をなみなみと受ける。

その夜、彼女がわざわざ身を運んで

心ときめかせて得た報酬は、
冷たい鉄さながらの盛り上がった山々と
黒い石ころに黒い石ころを積んで区切られた
牧場の景色だけ。

小屋はみな扉を閉ざして
ひなや仔牛を守っていた。乳牛はどれも
牧場の中でうずくまって、礫《つぶて》のように黙りこみ、
暖かい毛を着た羊たちは石を慕ってまどろみ、
小枝に眠る鳥たちは

花崗岩のひだ襟をまとって、その影は
木の葉を装う。この風景はまさしく、
太古の世界が初めて生き物の繁茂を許した頃のままだ。
目の底に刻み込まれたその不変の光景は、
彼女の小さな生命の芯を

すぐにも消し去る原始の姿。しかしその冷酷な光の中で

岩山と石との耐えがたい重さが彼女を砕いて
ちっぽけな石英の粒に変えてしまう前に
やっとの思いで引き返した。

心騒がす詩神《ミューズ》たち

お母さん、お母さん。わたしの洗礼の時に
あなたはきっと礼儀知らずの叔母さんか
とても醜い従姉妹《いとこ》かを、うっかり招待しそびれて、
その女《ひと》をかんかんに怒らせてしまったのね。
それでこんな風変わりなレディーたちを
彼女は代わりによこしたのよ。かがり細工の卵みたいな
変てこな頭のレディーたちが、ゆりかごの左と枕もとと足もとで
いつもこっくんこっくんうなずいてみせるのよ。

お母さん。ミクシー・ブラックショートという
雄々しい熊の物語をきかせてくれたり、
何回も何回も魔女をしょうがパンに入れて
焼いた話をしてくれたお母さん。

こんな変てこなレディーたちを見たことがある？
この二人を遠ざける呪文をあなたは唱えてくれたのかしら？
毎晩、わたしのベッドのそばで首をたてに振ってる
口も眼もなく、髪の毛もない、縫い合わせ頭の女たちを。

あのハリケーンが来た夜に、お父さんの書斎の
十二の窓が、風船のようにふくらんで
はじけんばかりになった時、
お母さんは弟とわたしにクッキーと
オバルチンを配りながら、合唱の仲間入りしてくれた、
「嵐の神が怒ってる、ブン、ブン、ブン！
嵐の神が怒っても、こっちは平ちゃら！」
でも構わずにレディーたちは入って来た。

娘たちが爪先立ちでダンスを踊り、
蛍みたいにフラッシュライトをまたたかせ、
蛍の歌を歌っていた時、
きらびやかな衣裳の中でわたしだけは

一歩も足をあげられぬまま、
陰気な頭したあの名付け親たちの
影にひっこんで立っていて、あなたをさんざん泣かせた。
そのうち影が広がって、ライトは消えた。

お母さん。わたしにピアノのレッスンを受けさせて、
アラベスクやトリルを弾くのをほめてくれたけど、
先生たちには、わたしのタッチが
音階は合っててもぎこちなくて、
いくら練習しても、音感がまるっきり駄目だって
ちゃんとわかっていたんですよ。
だからわたしは、お母さん、あなたが頼みもしなかった
あの詩神《ミューズ》たちに何でもかんでも教わってきたの。

ある朝、わたしが目覚めると、お母さん、
あなたは澄んだ青空に高く浮かんでいた。
どこにも、どこにも見当らないような
数え切れない花たちと青い鳥とで飾られた

きれいな緑の気球に乗って飛んでいた。
「いらっしゃいよ！」とあなたは叫んだけれど、
その小さな惑星は、しゃぼん玉のように飛び去ってしまって、
気がついたらいつものお仲間たちがまわりにいたの。

昼も、夜も、この女神たちはつきまとう、
石の衣をまとったまま、わたしの枕もとと横と足もとに。
わたしが生まれた日と同じように、空《うつ》ろな顔をして、
輝きもせず沈みもしない夕陽を受けて
その影はいつまでも長く伸びている。
これこそが、わたしの生まれついた王国なのよ、
お母さん、お母さん。でもどんなにわたしがしかめっ面をしてみても、
このお仲間を裏切ることにはならないわ。

占い板《ウイジャ》

ウイジャは冷厳な神、影の国の神、
暗い深淵からこのガラス板へと現われ出る。
窓辺には、生まれざる者、成されざる者たちが、
蛾のように弱々しく青い顔をして集まり、
その羽からねたましげな燐光を放つ。
暖炉の火の中の朱や金茶色、太陽が織りなすさまざまな色も、
彼らに心からの安らぎを与えはしない。
彼らはとても飢えている、まるで暗闇が
生命の熱い血に赤く染まり甦ることを願うように。
ガラスの唇は私の人さし指から熱い血を吸い取る。
その報いとして、年老いた神はそのお言葉をゆっくりと告げる。

年老いた神も、色あせはしたがまだ金色に

光り輝く詩を作る。荒れた野原をさ迷いながら、
退廃の世の出来事をみごとに物語る。
今は年老い、散文の時代を生きて、
彼の言葉の嵐も過度の情熱も和らいだ。
その昔は、いなごのように言葉が暗い大気を叩き
穀物を食いつくして、その穂を空しく揺れるままに残したものだ。
かつては青く、聖なる威信を誇示した空が
頭上でほどけ、塵をまとい、
濃霧のように大地に下りて、土との婚姻を果たすのだ。

年老いた神は黄色い髪の堕ちた女王をほめ讃える。
女王は処女の涙よりも
塩からい媚薬を具えている。死をもたらすあの淫らな女王、
その廷臣たる虫たちは彼の骨を蝕んでいるというのに。
それでも彼は女王の蜜を、彼女の美酒をほめ讃える。
なみなみならぬ証拠としてそのすきの刃が掘り当てる、
小石に似たものたちが何であるかを解き明かすはず。
年老いて、よたよた歩くこの神は、

ここに綴られる文字からはガブリエルの簡潔な予言を告げたりしない。
彼が伝えるお言葉は、もっぱら華やかな愛の遍歴の思い出のみ。

彫刻家

――レナード・バスキンに

彼の家には身体《からだ》のない者たちが
際限もなく押しかけて来て
彼と同じように形と重みのある
身体を得ようと、夢と知恵を売るのだ。

動く両手は、司祭の手よりも
司祭らしく動き、光と大気の
空しい象《かたち》を呼び出すのではなく、
ブロンズに、木に、石に、確かな宿りを与える。

肌目《きめ》こまやかな木材に
禿げた天使は頑なに

つかの間の光を彫りこむ。両腕を組んで
彼は眺める、その重々しい世界が

風と雲との空虚な世界を
かき曇らせるさまを。
動かぬブロンズの像たちが床を占領し、
その逞しく赤い身体の前で私たちは縮まる。

彼らに見つめられて、わたしたちの身体は
弱々しく消え失せそうにまたたくのだが、
像たちとて、彼のお蔭で場所と時間と身体を得たのだ。
彫刻家の鑿《のみ》が彼らに生命を

贈り授けてくれるまで、魂たちは競い合って
悪夢の中に入りたがり、そして入りこむ。
そこでの生命は私たち以上に生き生きと、
その憩いは死の憩いよりも確実に。

五尋《ひろ》もの深みに

お年寄り、あなたはめったに浮かんで来ない。
来る時は満ち潮といっしょで、荒波が
冷たく、白いしぶきをのせて

押し寄せる時。白い髪に、白いひげ、沖合い遠くに投げられた
底引き網のように、波にゆられて
浮き沈みする。何マイルの長さにわたって

あなたの髪の束は放射状に
広がって伸びる。中でも縮れたいく束かは
もつれ、からんで、生き永らえる、

想像もつかない遠い起源の

神話よりも永く。竜骨を尖らせた
北国の氷山のように

あなたは近くに漂うが、水面から下の
深さもわからず、近づくわけにはいかない。
あいまいなことには危険がつきもの。

あなたの危険は数多い。
長く見るわけにはいかないけれど、あなたの姿は
何だか奇妙に傷んでいて

今にも死んでゆくみたい。
夜明けの海で霧が消え失せ晴れるのと同じ。
あなたの埋葬の時に聞いた

泥にまみれたあいまいな噂を
わたしは半分信じなかった。再び現われたあなたの姿は
噂が根のないものだったことを

紛れもなしに示している。あら塩の粒をべったりとつけた
ざらざらのあなたの顔には、古めかしい溝が刻まれて
そこを時が流れ続けているから。

大海原の未踏の水路には
幾世代もの時が降り注ぎ、泡立つ。
こんな賢《さか》しいユーモアと束縛とは

地球の基礎と空の棟木を打ちこわす
大渦巻を生み出すもの。
さあ、水底に沈みこんで、

拳《こぶし》の骨や脛骨や
頭蓋のあいだをかき捜すように
迷宮のような渦を巻いたらいい。

肩から下はただの一度も、

溺れなかった人間には見せずじまいで、
あなたは不可解なまま質問を拒む。

あなたはほかの神々に挑む。
わたしは取り柄もなしに追放されて、あなたの王国の国境を
水にも濡れず歩いている。

貝をちりばめたあなたのベッドが目に浮かぶ。
お父さん、この濃い空気は耐えられないわ。
わたしは水を呼吸したい。

シャーリー岬

給水塔の丘から煉瓦塀の刑務所まで
砕け散る波の下でいがみ合いながら
小石がうなる。
雪片がちぎれてさかまく。この冬は
砂をまじえた大波が
防波堤を乗りこえて、スガイのかけらの墓の上へと
容赦もなしに跳びこんで、
塩からい潰れた氷を撒き散らし、

お祖母さんの砂の庭をまっ白にする。お祖母さんは亡くなった。
その洗濯物がかつてはここでぱたぱた鳴って凍りついていた。
雄々しくも家を守って
性悪の、さかりのついた荒海に立ち向かったお祖母さん。

荒れ狂う波が地下室の窓から
難破船の木材を放りこんだこともあったし、
殻竿《からざお》型の尾をつけて、嵐にさらわれた
鮫が一匹、ゼラニウムの花壇にのし上げたこともあったのだが——

こんな頑固なもろもろの謀りごとを
お祖母さんは箒を擦り減らして追っぱらった。
二十年、彼女の手から離れた今も、
この家は薄茶色のしっくい一枚一枚の中に
紫色の魚卵岩を
そのままはめている。〝大頭の丘〟から
ふさがれた水路に至るまで
あの時海はぐるぐると陸地をすり潰して冷たい胃の腑に送りこんだ。

その昔、お祖母さんがパンの山と
りんごケーキを冷やした窓は、板で閉ざされ、
そのうしろで
冬越しをする人ももういない。風雨に打たれ

頑なに生き永らえている
この石ころの岬で、今もなお悲しみの声をあげる
生き残った者がいるのかしら？　荒波の
吐き出した形見の品が風に吹かれてかちかちとミサを奏でる。

灰色の波に首の太いケワタガモが浮かぶ。
愛の労力、でもそれは骨折り損。
休みもせずに海は
シャーリー岬を食べている。お祖母さんは祝福されて亡くなった。
そしてわたしがここで見たものは、
摑んでは投げ上げられる白い骨、白い骨、
犬の顔した海の波だけ。
太陽は血のように真赤に燃えてボストンの彼方に沈む。

乾からびた乳首のようなこの石ころから
あなたの愛が注ぎこんだミルクを飲みたい。
黒鴨は水に潜る。
そしてあなたの優しさが溢れ流れても、

わたしがいくらやりくりしたところで、
お祖母さん、泡だらけのあの鳩の身になったら
石ころは憩いの場ではあり得ないのね。
砂州にも塔にも黒い海が打ち寄せる。

アゼリア小道のエレクトラ

あなたが死んだ日にわたしは地中に潜った、
光のささない冬眠室に。
黒と金色の縞模様の蜂たちが吹雪を避けて
古代文字を彫った石板みたいに眠っている堅い地面の中に。
その冬ごもりは、二十年間は心地よかった——
まるであなたなんて存在しなかったかのように、お母さんのお腹から
神を父としてわたしが生まれて来たかのように。
お母さんのベッドは広くて、神様の匂いがついていた。
お母さんの心臓《ハート》の下へわたしが這いこんだ時、
わたしは原罪なんかに関わりはなかった。

無垢のドレスをまとって、人形のように小さい身体をして、
あなたの叙事詩を一場面ずつ夢見ながらわたしは横になっていた。

その舞台の上では死ぬ者もなく老いて行く者もいなかった。
何もかも果てしなく純潔なままで演じられた。
冬眠から目覚めた日、わたしは教会墓地の丘にいて、
あなたの名前を見つけ出したのだ、あなたの骨やら何やらもみんな
狭苦しい墓地の中に詰めこまれて、
まだらになった墓石が鉄柵のかたわらに傾いているのを。

死者たちが頭や足を突き合わせて
群がって住むこの救貧院には、
土を割って咲き出る一輪の花もない。これがアゼリア小道。
一面のごぼう畑が南に向かって広がる。
六フィートの黄色い砂利があなたを覆っている。
あなたの隣の墓石の前に置かれた
プラスチック製ときわ木のかごの中にある
赤い造花のサルビアは、動きもしないし、枯れもしない。
雨に打たれて真赤な色ははげ落ちて、
作り物の花弁は濡れそぼち、赤い滴を垂らすけれども。

もう一つ別の赤色がわたしの心をかき乱す。
「あなたの船のたるんだ帆がわたしの妹の息を飲みこんだ日、
あなたの最後の帰宅の折にわたしの母が広げて敷いた
あの不吉な布さながらに、平らな海は真っ赤に染まった」
昔の悲劇の気どったせりふをちょっと借用して言ってみました。
本当を言うと、十月も末近いある日、わたしが産声をあげた日に、
一匹のさそりが自分の頭を刺したんですって、めぐり合わせの悪い奴。
お母さんはその日、あなたが海で溺れている夢を見たそうな。
石で出来た俳優たちは、息をつこうと身構えてポーズをとる。
わたしはありったけの愛情を注いだのに、やがてあなたは死んでしまった。
お母さんの話では、壊疽があなたを骨まで蝕んだのだってこと。
普通の人の死に方と特に違いはしなかったって。
どんなに年を取ったって、わたしはそんなに落ち着いてはいられまい。
わたしはある不名誉な自殺の亡霊、
自分の青いかみそりが咽喉にささって錆びている。
ああ、許しを乞うてあなたの門をノックしている
あなたの雌猟犬《いぬ》、あなたの娘、あなたの友を許してやってね、お父さん。

わたしたち二人ともを死に追いやったのは　わたしの愛でした。

大屋敷の庭

泉は涸れてバラの花も萎れた。
死の香りが漂う。あなたの誕生の日が近づく。
梨の実は太って小さな仏陀のよう。
青い霧が湖の底を浚っている。

あなたは魚の時代を通り抜け、
豚たちのひとりよがりの幾世紀も通過する——
頭、爪先、それに指が
影の世界から姿を現わす。

柱飾りのこのこわれた縦みぞや
アカンサスの冠なんぞは、歴史が育んでくれるもの。
そして鳥はちゃんと自分の衣裳を整える。

ここであなたが相続するものは、

白いヒースに、蜂の羽根、
二つの自殺と、同じ家族の狼たちと、
長い空っぽの時間だけ。もうすでに、星がいくつか
けばけばしく天を彩っている。蜘蛛は自分の糸を伝って、

湖上を渡る。虫たちもみんな
いつもの住まいを捨てている。
小鳥たちが寄って行く、寄って行く、それぞれ贈り物を持って
誕生の苦しみの場へと集まって行く。

巨像

あなたをきちんと組み立てるなんてわたしにはとても不可能なこと、
かけらを集めて、くっつけて、ほどよく継ぎ合わせるなんて。
ロバのいななき、膝のぶつぶつ、みだらな鶏の鳴き声が
あなたの大きな唇から絶え間なく流れ出てくる。
農家の庭よりやかましい。

きっとあなたは自らをご神託だと、
死者たちか、神様たちのお告げを伝える語り部だと思い込んでいらっしゃる。
でももうこれで三十年ほど、あなたの咽喉から
あくせくと泥を浚って過ごして来たのに、
少しもわたしは利口になれない。

にかわの壺とリゾール液の桶とをさげて、小さなはしごを登っては、

草ぼうぼうのあなたの広い額の上を、わたしは
喪服を着た蟻みたいに這い回り、
大きな頭蓋の板を継ぎ合わせ、それから
あなたの両眼の白くて禿げた古墳を洗う。

『オレステス』の頃の青い空が
わたしたちの頭上を丸く覆う。ああ父よ、ご自分一人でも
あなたはローマの大広場《フォーラム》みたいに意味深く歴史的です。
黒い糸杉の丘の上でわたしは昼食を広げる。
あなたの縦みぞのついた骨とあざみ模様の髪の毛は

昔ながらに無秩序に、地平線まで散らばっている。
こんな廃墟を生み出すには、
雷や稲妻でもまだ足りない。
夜になるとわたしは、風を避けて
あなたの左の外耳の中にうずくまり、

赤い星と紫の星の数をかぞえる。

柱みたいにそそり立つあなたの舌の蔭から陽が昇る。
わたしの時間はみな暗闇と結婚した。
船着き場の空っぽの砂利の上に
竜骨のきしる音を聞こうと耳を澄ますこともうない。

石たち

ここは人たちが直される町。
わたしは大きな鉄床《かなとこ》に横たわる。
平たく青い円型の空は、

わたしがその光から脱け落ちた時、
人形の帽子のように飛び去った。
無関心の胃袋が、沈黙の押入れが、わたしを消化した。

母のような乳棒《すりこぎ》がわたしをすりおろして、
わたしは物言わぬ小石になった。
子宮の石は静まりかえり、

頭の石も世のわずらいを忘れ果てていた。

ただ口の穴だけがひゅうひゅう歌った。
沈黙の石切場で鳴く

しつこいコオロギになって。
この町の人たちがそれを聞きつけて、
無言のままで散らばっている石たちを探した。

口の穴がそれぞれの石の在りかを教えていた。
胎児のように酔いしれて
わたしは暗闇の乳房を吸う。

滋養物のチューブがわたしを抱擁し、スポンジのキッスがわたしの苔を拭い去る。
石の眼を一つこじ開けるために宝石工が
彫刻の鑿をふるう。

これは地獄の後の世界。光が見える。
風がひと吹き、耳の空洞の栓を抜く。
年老いた苦労性の耳の。

水が頑固な唇の熱を鎮め、
陽光がいつも変わらぬその姿を壁におとす。
移植屋さんたちは陽気そのもの、

鉗子を熱したり、精巧なハンマーを持ち上げたりしている。
電圧がだんだん高められて、
導線を刺激する。腸線《ガット》がわたしの裂け目を縫う。

職工がピンク色の胴《トルソー》を運んで来る。
倉庫には心臓がいっぱい詰まっている。
ここは修理部品の町。

赤ちゃんのようにくるまれたわたしの手足は、甘いゴムの匂いがする。
ここでは、頭も、どんな手足も、治療を受けられる。
金曜日には小さな子供たちがやって来て
義手をほんものの手と替えて行く。

死者たちは他人のために眼を残す。
愛はわたしの禿げた看護人《ナース》の制服。

愛こそはわたしの呪いの中心。
花瓶は再生されて、逃げやすいばらの花に
宿りを与える。

十本の指は過去の亡霊のための鉢《ボウル》をかたどる。
修理された部分がうずく。今は何もすることがない。
これで新品みたいによくなるでしょう。

あなたは……

道化者《ピエロ》さながら嬉しそうに逆立ちして、
足を星に向け、お月様のような禿げ頭、
氷の中でお魚みたいに呼吸する。
絶滅したドド鳥のやり方を常識ではねつける。
糸巻のように自分の糸に包まれて、
ふくろうそっくりに暗闇をまさぐる。
七月四日から四月の万愚節まで
かぶらそこのけにおし黙ったまんま。
ああ、育ってゆく者、わたしのかわいいパンの玉。

霧のようにとりとめもないのに、郵便みたいに待ち受けさせる。
オーストラリアよりも遠くにいる
背中を丸めた巨人アトラス、送られてくる車海老《くるまえび》。

つぼみのようにぬくぬくと、
漬け物びんのにしんみたいにのびのびと。
うなぎを入れたびくそのままに、さざ波立てて。
メキシコ豆みたいにぴくぴく跳ねる。
ぴったりいった計算と同じぐらい欠陥がない。
あなたの顔の載った無垢の履歴書。

あかつきの歌

愛があなたのねじを巻いて、ふくらんだ金時計みたいに動かした。
助産婦が足の裏を叩いたら、むき出しのかわいい声が
諸元素の中に生まれ出た。

わたしたちの声がこだまして、あなたの到着を鳴りもの入りで告げる。これは真新しい像の到来。
風の吹き通る美術館であなたの裸の姿を見ると、
わたしたちに不安の影がさす。壁のように無表情にわたしたちはまわりに立って風をさえぎる。

わたしはもうあなたの母ではない。
風の手に委ねられて消えて行く自分ののろい動きを映そうとして
鏡に蒸気を立てる雲と同じこと。

蛾のようなあなたの息は
ひと晩じゅう平たいピンクのばらの間で揺れる。起きてわたしは聴き耳を立てる。
遠い海が、わたしの耳の中でざわめく。

ひと声泣くと、わたしはベッドからよろよろと起きて、母牛のように重く華麗に
ヴィクトリア朝の花模様のガウンを着て歩く。
あなたの口は猫のように大きく開く。

窓が白み、くすんだ星を飲みこむ。
そして今あなたは試みる、ほんの少しのあなたの音色を。
澄んだ母音が気球のように昇っていく。

チューリップ

このチューリップたちは激しすぎる、ここは冬なのに。
何もかもなんて真っ白、なんて静かで、雪に閉ざされていることか。
わたしは安らぎを得ようと努めている、ひとり静かに横たわって、
四方のこの白い壁、このベッド、この両の手に、光があふれるのを眺めている。
わたしは枯れて、激情などには関わりもない。
名前とふだんの服とは看護婦《ナース》にあげたし、
経歴は麻酔医に、身体は外科医に預けてしまった。

わたしの頭は、枕とシーツの襟との間にはさまっていて、
白い二つの瞼の間で閉じようともしない眼にそっくり。
愚かしいこの瞳孔《ひとみ》、何でも見なけりゃ気がすまないんだから。
看護婦《ナース》たちは行ったり来たり、慌てず騒がず、
かもめが白い帽子をかぶって飛ぶように、

手で何かしら仕事をしながら通って行くが、
みんな似ていて、何人いるのかわかりもしない。

看護婦《ナース》たちにはわたしの身体は小石も同然、
水がやさしく石をこすって流れるぐらいにわたしを扱う。
輝く針で麻痺を、それに眠りを持ってくる。
自分を忘れた今となっては、荷物なんぞわずらわしい——
レザーのバッグは黒い薬箱のようだし、
夫と子供が写真の中から微笑みかけるが、
その微笑みはわたしの肌をチクリと刺す、小さな微笑む釣針。

わたしは三十歳の荷船、いろんな積荷を捨ててしまった、
名前と住所にくっついて離れなかったものを。
いとしい連想の数々は、すっかり洗い流された。
緑のプラスチック枕のついた運搬車《トロリー》に乗って、おずおずと運ばれながら、
お茶の道具やリンネルの簞笥や本などが
水に沈んで消えるのを見た。水はわたしの頭上にも来た。
そして今わたしは尼僧、今が一番純潔なわたし。

わたしは花など要らなかった。ただわたしが欲しかったのは、
掌を上に向けて横たわり空っぽでいること。
これがどんなに自由なことか、想像もつかないでしょう。
目もくらむほど大らかな心の安らぎ、
それには名札も装身具も、何も要らない。
それは死者たちが最後に摑むもの、聖餐を受ける時のように、
このかけがえのない安らぎを飲みこむ様子が目に見える。

チューリップたちは何といっても赤すぎて、わたしには痛い。
包み紙に入っていても、その白い産着を通して、
おそろしい赤ん坊のように、彼らの軽い呼吸《いき》づかいが聞こえるだろう。
その赤さはわたしの傷に語りかけて、痛みを深める。
器用なことに、花たちはまるで空中に浮いているみたいに見える、
突然のおしゃべりとその色でわたしをどぎまぎさせながら、
首の回りにぶら下がった一ダースもの赤い鉛の錘《おもり》となってわたしを押さえつけている
くせに。

さっきまではわたしを見守る者もいなかったのに、いまは見張られている。
チューリップたちはわたしの方を向き、わたしのうしろの窓に向く。
その窓から、日に一度、日光がゆっくりと拡がりまたせばまるので、
わたしは自分が太陽の眼とチューリップの眼との間にはさまれて
平たい、おかしな切り紙の影になるのを見る。
影には顔がない。わたしは消し去られることをずっと望んで来たのだから。
色鮮やかなチューリップたちがわたしの酸素を食べてしまう。

彼らがここへ来るまでは空気はとても静かだったし、
ひと息、ひと息、吸ったり吐いたり、何の煩いもなかった。
それからチューリップたちが騒音みたいに空気を乱した。
今はもう彼らのまわりで空気がひっかかり渦巻いて、
赤錆びた沈没船のまわりで渦巻く河のようだ。
気の向くままにたわむれたり休んだりして幸せだった
わたしの意識が、今は彼らに囚われている。

壁までが身を暖めているようだ。
チューリップなんか猛獣みたいに檻に入れておいたらいいのだ。

彼らは大きなライオンか何かの口のようにあんぐり開いているので、
わたしは自分の心臓のことを思いやる。それはわたしへの誠実な愛によって
赤い花びらの鉢を閉じては開く。
わたしが味わう水は海水のように暖かくてしょっぱい。
そして健康のようにはるか離れた国から来る。

嵐が丘

地平線が四方から薪《まき》のようにわたしを囲む、
傾いて、異質で、いつも不安定。
マッチで触れたら、燃えて暖かいだろう、
そしてその微妙な線は空を焦がして
オレンジ色に染めるだろう、
ピン留めされている遠い景色が蒸発して
蒼ざめた空を確実な黒い色で塗り固める前に。
けれどもわたしが歩みを進めると、
あてにならない約束のように、地平線はどんどん溶けていくだけ。

草の葉末や群《むれ》をなす羊の心臓、
それより背の高い生命《いのち》も見当らず、
風は万物を同じ向きへとなびかせながら

似通った運命を注ぎ込む。
風に吹かれてわたしの熱が
奪い取られてゆくのはつらい。
もしもわたしがヒースの根っこに
愛着を示しすぎたら、根っこたちはわたしを誘い込んで
彼らの間にわたしの骨を白く晒《さら》させることだろう。

羊たちは荒野になじんでいて、
空模様と同じ灰色の
汚れた羊毛《ウール》の雲を身に着け、草を噛む。
彼らの瞳の黒い孔がわたしを吸いこむ。
それは宇宙へ郵送されるようなもの、
か細く、愚かな通信として。
おばあさんの扮装を凝らして、彼らはそこここに立つ、
かつらの捲き毛と黄色い歯、
それに耳障りな硬い鳴き声。

車のわだちにみちびかれ、わたしは水に出逢う、

指の間から逃げ去ってゆく
孤独のように透明な水。
すり減った戸口の踏み段は草の中に隠れ、
まぐさ石と敷居ははずれてしまった。
人間のことと言ったら、ここの空気は
ほんの少し、おかしな言葉を覚えているだけ。
空気はそれを悲しく口ずさむ、
黒い石ころ、黒い石ころ。

空はわたしにもたれかかる、平らなばかりの景色の中で
ただひとり直立しているこのわたしに。
草は狂って自分の頭を打ちつけ続ける。
このような場所で生きるには
草は敏感すぎるのだ。
草は暗闇をこわがっている。
そして今、財布のように狭くて暗い
谷間の底に灯《あか》りがついても、
とぼしい小銭のようにまばらにまたたくだけ。

午前二時の外科医

白い光は人工的で、天国のように清潔。
病原菌はそれに耐えられないで、
手術用メスとゴム手袋の手から退却して
透明な姿のままで旅立って行く。
消毒されたシーツは雪野原、凍りつき静まりかえっている。
シーツの下の身体はわたしに委ねられたもの。
いつものように顔は覆われていて、まるで七つの穴を
指で押しつけた白い絵具の塊。
魂はもう一つの光なのだが、それはまだ目に見えず、空中に浮かびもしない。
今夜は船の灯りみたいにおとなしく引っこんでいる。

今から手入れするのは庭みたいなもの——
芋類や果実がジャムのような中身を滲《し》み出させていたり、

根っこがもつれ合ったりしている。助手が鉗子で広げてとめる。
匂いと色とがわたしに襲いかかる。
これは肺という名前の木。
ここに咲く蘭の花は見事なものだ。蛇のように斑《まだ》らで、とぐろを巻いている。
心臓はまるで、つらい想いに赤く染まったブルーベルの花。
こんな精密な器官にくらべたら
なんてわたしの小さいこと！
紫色の荒野の中をただ這いまわり切り刻むだけ。

血は夕陽の色。わたしはそれを賛美する。
肘までそれにひたりながら、赤ん坊みたいに悲鳴をあげる。
まだ血は止まらない、それは尽きるということがない。
まるで魔法だ！　熱い湯の出るこの温泉に
封印をして、白い大理石の下にある
こみ入った、青い配管に注いでやらねばならないのだから。
ローマの人たちは大したものだった――
送水路やら、カラカラ浴場、それにあのわし鼻！
横たわるこの身体はすばらしいローマの彫像。

憩いの石の丸薬を服《の》んで今は口を閉ざしている。

それはこれからキャスターで運んで行かれる彫像。
わたしがそれを仕上げたのだ。
わたしの傍らには腕の一本か片脚か、
一組の歯とか、それとも小石、
瓶の中でからから鳴って持ち帰られるはずの石くれだとか、
薄く切られた組織片――病理学的サラミだとかが乱雑に残っている。
今夜はどれも冷蔵庫の中で休んでもらおう。
明日《あした》には聖者の遺骨のように
酢の中で泳いでもらうことになる。
明日、患者はきれいなピンクの義肢を身につけるはず。

病棟のベッドの一つの上に、小さな青い光が現われて
新しい魂の出現を告げる。ベッドも青く輝いている。
今夜、この患者には、青こそが美しい色。
モルヒネの天使たちが彼を舞い上がらせたのだから。
彼は天井から一インチの所に浮かんで

夜明けの隙間風を嗅いでいる。
ガーゼの石棺に納まった眠り手たちの間をわたしは歩く。
夜の赤い照明は平べったい月のよう。血で曇っている。
白衣を着たわたしは真昼の太陽、
薬で閉ざされた灰色の顔たちが、ひまわりのようにわたしの姿を追う。

月といちいの木

これは知性の光、冷たくて現世のもの。
知性の木々は黒くそびえ、その光は青い。
歩むにつれて、わたしを神と思ってか、足首を草がちくちくと刺して、
畏怖の想いをつぶやきながら、彼らの悲しみをわたしの足に委ねる。
わたしの家から墓石の列でへだてられた
この場所は、霊気のように煙る霧の宿。
いったいどこへ行き着くのか、まるでわからない。

月は確かに戸口ではない。紛れもなくそれは顔なのだから。
拳《こぶし》のように白く、ひどくあわてている顔。
ひそかに犯した罪さながらに、いつもそれは海を引きずって、
絶望の大口を開けたまま静まりかえっている。わたしが住んでいるのはここ。
日曜日には二回、鐘が空を驚かす——

八本の大きな舌が〝主の復活〟を確認して、
お終いに、舌たちは真面目くさってそれぞれの名前を打ち鳴らす。

いちいの木は天を指す。ゴシック建築さながらに。
それを目で追えば月に出会う。
月はわたしの母と同じ。マリア様のようにやさしくはない。
その青い服の裾からは小さなこうもりやふくろうが放たれる。
ああ、わたしはマリアの慈愛を信じたい――
ろうそくの灯に柔らげられた画像のお顔、
ほかならぬわたしに向かってやさしい眼を向けてくださるそのお顔を。

こんなに遠くまで落ちて来たなんて。
散らばった星たちの顔の上に、青くふしぎな雲の花が開いている。
教会の中では、聖者たちがみな青く染まっているだろう、
デリケートな足を見せて冷たい信者席の上に浮かび、
両手と顔を敬虔にこわばらせながら。
月にはこんなことわかりはしない。彼女は禿げていて激しいだけ。
そして、いちいが伝えるものはただ黒さ――黒と沈黙。

ダートムアの新年

これは新しい経験だわ。安っぽい、小さな凸凹が
どれもみな、ガラスに包まれててんでに自己主張、
きらきら光り、りんりんと啼きたてる、聖者の作り声そっくりに。
急につるつるになった世界を理解できないで戸惑っているのはきみだけ。
目鼻がなくて、真っ白で、恐ろしい、近づきがたい斜面の世界。
この世界を、きみにわかる言葉を使って組み立ててみせるのは不可能です。
象や車輪や靴なんぞで作り上げられるものではない。
わたしたちはただ見に来ただけ。きみはまだ着いたばかりだから
ガラスの帽子に入った世界を欲しがるにはあまりに幼い。

小さなフーガ

いちいは黒い指を盛んに振るが、
冷たい雲は知らぬ顔で通りすぎる。
そんなふうに聾啞の人は
盲人に合図して、無視される。

わたしはいちいの黒い言葉が好き。
あの雲の無表情さも今となっては好き！
いちめん白い眼のようだ！
船上でわたしと同じテーブルにいた

盲目のピアニストの眼に似てる。
彼は食べ物を手探りしていた。
彼の指はいたちの鼻みたいに敏感。

飽くことを知らずにわたしは見守り続けた。

彼はベートーベンを聴くことができた。
黒いいちいに白い雲、
その恐ろしいからみ合い。
指の技巧――鍵盤《キイ》の激動。

その盲目の微笑みは
皿のように空ろで愚かしい。
わたしはその大音響をうらやむ、
大フーガのいちいの木立ちを。

耳が悪いのはまた別のこと。
とっても暗い漏斗《じょうご》だわ、お父さん!
わたしにはあなたの声が見える、
子供の頃にきいたのと同じ、黒くて生い茂った声、

規則正しいいちいの垣みたいに、

ゴシック調で粗っぽい、純粋にドイツ風の声。
死者たちの叫びがそこから聞こえる。
わたしには何の罪もないのに。

だから、いちいはわたしのキリスト。
同じように苦難を受けているではないの?
そしてあなたは、大戦のさ中に
カリフォーニアの食料品屋で

ソーセージ切りに励んでいた!
その色はわたしの眠りに着色する、
切られた首さながら、赤く、斑らに。
そして沈黙がやってきた!

別の種類の大きな沈黙。
わたしは七つで、何もわからなかった。
世界が姿を現わした。
あなたの脚は一本で、心はあくまでプロシアのもの。

今、同じような雲たちが
空っぽのシーツを広げている。
あなたは何も言わないの？
わたしの記憶は不自由なまま。

覚えているのは青い眼と
橙色のブリーフケース。
あの時の彼は立派な男！
黒い木のように、死が黒く口を開いた。

わたしはもう少し生き永らえる、
わたしの朝を整えながら。
これはわたしの指、これはわたしの赤ん坊。
冷たい雲は、青白い花嫁衣裳。

兎捕り

そこは暴力の場所だった——
吹きつける風はわたしの髪でわたし自身にさるぐつわをはめ、
わたしから声をむしり取る。そして輝く海は
光でわたしを盲目にする、死者たちの生涯が
油のように広がりながら海の中で巻き戻される。

わたしははりえにしだの悪意を味わった、
その黒い大釘を、
黄色いろうそくに似たその花の〈臨終の聖油〉を受けた。
花は能率的で、とても美しく、
まるで拷問のように、惜しみなくもてなしてくれた。

目標の場所はただ一つ。

煮え立ちながら香りを放ち、
道は狭まって窪みへ通じた。
そこにいくつものわなが消えかかって——
ゼロたちは空虚に向かって閉じ、

押し黙ったまま、生みの苦しみのよう。
叫び声のしないことが
暑い日の真ん中に、穴を、裂け目を穿った。
すき透った光は明るい壁、
茂みはこそりとも動かなかった。

静かながらあわただしさが、ひとつの意志が感じられた。
紅茶茶碗を囲む両手、白い陶器を握りしめる
重くて鈍い手をわたしは感じた。
彼らは兎を待ち構えた、その小さな死神たちは！
まるで恋人のように待ち焦がれていた。彼らは兎を興奮させた。

そしてわたしたちも深くつながった——

わたしたちの間にはワイヤーがぴんと張られ、
抜けない杭が打ちこまれ、わなに似た一つの心が
すばやく動く生き物をするりと捕えると、
締めつけられて、わたしも死んだ。

もう一人の自己《わたし》

口を拭きながら、あなたは遅れて入って来る。
いったい何を、わたしは戸口に残しておいたのかしら――

わたしの壁の間を流れている、
白い肌の勝利《ナイキ》の女神？

微笑みながら、青い稲妻は
肉を吊るす鉤みたいに、重荷の分け前を引き受けてくれる。

警察はあなたを好きになるわ、何でも白状するからね。
輝く髪に、靴墨に、古いビニール袋、

わたしの生活がそんなにおもしろい？

あなたが眼を見張るのはそのせいなの？

空中の塵が分離して行くのはそのせいなの？
塵ではなくて、それは微粒子。

ハンドバッグを開けなさい。そのいやな臭いは何？
それは、せわしなく糸と糸とを

ひっかけ合わせているあなたの編物。
それはあなたのべとべとのキャンディ。

わたしはあなたの頭を壁に掛けている。
赤黒くて透明なへその緒が何本も

わたしのお腹《なか》から矢のように飛び出す。それにわたしはまたがって行く。
ああ、月のほてり、ああ病んだ者よ、

盗み取られた馬たちや、あまたの姦淫が、

大理石の子宮のまわりを回る。

貪欲にはあはあ息を吸いながら
あなたはどこへ行こうとするの？

硫黄の匂う密通が夢の中で嘆き悲しむ。
冷たい鏡よ、どうやってお前は

わたしともう一人のわたしの真ん中に割りこむのか。
わたしは猫のようにひっ掻く。

流れる血潮は黒い果実——
舞台効果、化粧品。

あなたは微笑む。
そう、生命《いのち》には別状がないようね。

父なき息子のために

きみはまもなく気がつくだろう、
きみの傍らに木のように育つ、ひとつの不在に。
死の木、色のない木、オーストラリア産のゴムの木——
稲妻に去勢されて、葉も脱け落ちた木——幻影のようなもの、
それに豚の背のように鈍い空、まったく思いやりを欠いたもの。

でも今、きみは物言わない。
そしてわたしはきみの愚かさが、
その盲目の鏡がいとしい。のぞき込んでも、
わたしの顔が見えるだけ。それをきみはおかしがる。
梯子の横木を握るように

わたしの鼻にしがみついていてもらうのは、わたしにとって嬉しいこと。

いつの日か、きみはよくないものに触れるかも知れない、
小さな子供の頭蓋骨、圧しつぶされた青い丘、畏怖に満ちた沈黙とか。
その日までは、きみの微笑がわたしの財産。

蜂飼いの集まり

橋のたもとでわたしを待っているのは誰？　村人たちだ——
牧師に、助産婦、寺男に、蜂の業者。
袖のない夏服姿でわたしは無防備のまま、
ところがみんなは手袋まではめて用意周到。誰か教えてくれてもよかったのに。
微笑みながら彼らは、古びた帽子に縫い付けたヴェールを引き出している。

わたしは雛鶏の首みたいにむき出しのまま、誰も思いやってはくれないのかしら？
有難いことに、養蜂組合の女性書記が白いスモックを持って来て、
わたしの手首や背中から膝まですっかりボタンをはめてくれる。
今やわたしは白くて優美なトウワタのさや、蜂たちは気にもとめないことだろう。
恐い、恐いとおののいているわたしを嗅ぎつけることもないだろう。
牧師がどれか、もうわからない。黒服を着たあの男かしら？

助産婦はどれ、あの青いコートがそうかしら？
誰もが角張った黒い頭を振って、まるで騎士のように兜をかぶり、
脇の下には布の胸当てを結びつけて。
その微笑みも声も、いつもと違っている。彼らについてわたしは豆畑に足を踏み込む。

鳥おどしの細長い錫箔が人間みたいにウインクしてみせ、
豆の花の海で羽根ばたきが扇のように手を振っている。
黒い目をしたクリーム色の花と、疲れたハートのような葉っぱたち。
蔓があの紐で引き寄せているのは血の塊？
いいえ、あれは赤い花、そのうちに食用になるはずの。

さて村人たちはわたしにも帽子をくれる、ひらひらと顔にかぶさるヴェールのついた
おしゃれな白い麦わら帽。これでわたしも仲間になれた。
彼らに従って空き地へ出ると、蜂の巣箱が丸く並んでいる。
きつい匂いを立てているのは、さんざしかしら？
不毛の身であるさんざしが、自分の子供たちに麻酔をかけているのだ。

何かの手術が始まるのだろうか？

仲間たちが待っているのはその外科医。
緑の兜に、きらきらの手袋、白いスーツを身に着けた
この化け物じみた衣裳の男がそうだった。
これは肉屋か、八百屋か、郵便屋、誰か顔見知りの人なのか？

わたしは走って逃げられない、根が生えたように。それにまたはりえにしだが
黄色い袋や、尖った針で、わたしを痛める。
走り出したら、永遠に走り続けて止まらないだろう。
白い巣箱は処女《おとめ》のように楽しげに
蜂の子の部屋や蜜をしまいこんで、小声で鼻歌をうたっている。

木立ちの間に煙がうねり、まといつく。
これで世界の終りだと、巣箱の精は思うだろう。
ほら、偵察の蜂たちが、敏感なゴムひもにつながれたように、逃げ腰でやって来る。
静かに立っていたら、彼らはわたしをパセリとか、
彼らの敵意には縁のないお人好しとか、
おじぎもしない、生け垣の中のお偉い人とでも思うだろう。

村人たちは、次々と部屋を開けて、女王のありかを探っている。
かくれているのか、蜜でも食べているところか？　女王はとても頭がいい。
彼女はたいへんなお年寄り、でももう一年生きなければと自分で知っている。
一方では、つながった小さな巣穴の中で真新しい処女たちが

必ず勝つはずの決闘の日を夢見ている。
彼女たちの〝花嫁飛行〟を妨げているのは蜜蠟のカーテン一枚だけ、
その時が来れば、女王を殺した処女の蜂が彼女を愛《め》でる天空へと飛ぶ。
村人たちは処女たちを移している、殺し合いが始まることもないだろう。
でも年老いた女王は姿を見せない。彼女はそんなにも恩知らずなのか？

わたしは疲れた、疲れきった――
暗闇の中でナイフの刃に囲まれている白い柱。
わたしはマジシャンの娘、こわがりはしない。
村人たちは、仮面をはずし、握手し合っている。
木立ちの中のあの長い白い箱は誰のもの？　何を彼らは仕上げたというのか、
　どうしてわたしは寒気がするのか。

刺し傷

素手のまま、わたしは蜂の巣を手渡す。
白服の男も、素手のまま微笑んでいる。
二人が付けた布の手首おおいは小ぎれいで快適、
そこから覗く手首はりりしい百合の花。
わたしと彼との

間にあるのは一千個ものきれいな巣穴。
黄色いカップの八個の巣、
巣箱そのものがティーカップのよう、
白い地にピンクの花が描いてある。
愛情こめてわたしがこれを塗り上げた、

「やさしくね、やさしくね」と心励ましながら。

蜂の子が宿る、貝の化石みたいな灰色の巣穴は
とても古びて見えて、恐ろしい。
わたしが買おうとしているのは、虫のついたマホガニー材？
本当にこの中に女王がいるのかしら？

いるとしても、彼女は年老いて、
羽は破れたショールのよう、その長い胴は
ビロードが擦り切れて——
哀れなはだかの、女王らしくもないみすぼらしさだろう。
羽のある、平凡きわまる女たちの

列の間にわたしは立つ。
営々と蜜を集める女たち。
わたしは営々と生きたりはしない。
何年間も、ちりを食べては
濃い髪の毛で皿を拭っては来たけれど。

そしてわたしの異国生まれの奇妙さも、

物騒な肌の上から青い露のように
すっかり蒸発してしまったのだけれど。
ただ走り廻っては、チェリーが咲いた、クローバーが咲いたと
話題にしているこの女たちは、わたしを憎むことだろうか？

ようやくこの仕事も終りそう。
わたしは自信を取り戻す。
これはわたしの蜜製造機、
ひとりでに動いてくれて、
春になれば、仕事好きな処女《おとめ》のように

泡立つ蜜の花冠を求めて口を開くだろう。
月が象牙色の白粉《おしろい》を求めて、海を巡るのと同じに。
もうひとりの人物が様子を見ている。
蜂売りの男にもわたしにも関わりを持たないようだ。
彼は今、逃げて行く、
大股で八回跳んで。まるで大きな身代わり山羊。

ほら、彼が残したスリッパが、ここにあそこに落ちているし、
帽子の代わりに彼がかぶっていた
白い、四角いリンネルの布もある。
とても魅力的な男だった、

彼の努力の汗は、世界を招き寄せ
果実を実らせる雨そのもの。
蜂たちは彼の正体を見破って、
彼の唇に偽りの言葉のように群がり、
その顔立ちを作り変えてしまった。

死に価すると蜂たちは思ったらしい、
でもわたしは自分を、女王を、甦らせねばならないのだ。
女王は死んだのか、寝ているのか？
獅子のように赤い身体と、透明な羽を持ちながら、
彼女はどこにかくれていたのか？

今、女王はいつにもまして

恐ろしい姿で飛んでいる、
空の中の赤い傷、赤い彗星となって、
彼女を殺したあの機械——
大霊廟を、蠟の館《やかた》を見おろしながら。

冬越し

今は気楽な時期、特に仕事もない。
助産婦から借りた蜜しぼり器を回して
蜜も十分手に入れた。
六つの瓶に入った蜜、
酒倉で六つの猫の目のように光りながら、

この家の中心にある窓のない暗がりの中で
静かに冬越ししている。
隣にあるのは、前の住人が残していったジャムの残骸と
空っぽに光る空き瓶の列——
何とか卿のジンの瓶。

これはわたしが一度も入ったことのない部屋、

これはわたしには呼吸ができそうになかった部屋。
暗闇がこうもりのように吊り下がって、
光といえば、
懐中電燈と、それがかすかに照らし出す

とんでもない物たちの黄色い反射だけ――
黒い無気力。そして腐敗。
私的所有。
わたしを所有しているのは彼らの方だ。
残酷でも冷淡でもなくて、

ただ無知なだけ。
今は蜂のためにじっと耐える時期――蜂たちは
動きが鈍くて、しかと見えないが、
わたしが奪った蜜の埋め合わせをしようと
シロップの罐に向かって

兵隊みたいに一列になって進む。

テイト・アンド・ライル印の糖分が彼らの命を保たせている、
上品な雪の結晶が。
花の代わりに、彼らはテイト・アンド・ライルで生きている。
彼らはそれを味わうところ。冷気が流れこんでくる。

今、彼らは集まって玉になる、
真っ白な
雪をバックに固まった黒い魂。
雪の微笑は純白そのもの。
それは自然に拡がって、一マイルもの長さのマイセン磁器の姿となる、

蜂たちは、暖かい日になれば、その中へ
死んだ仲間を運びこむことができるだけ。
蜂はぜんぶが女たち、
処女たちと、細長い貴婦人お一人とだけ。
彼女たちには男はまったく無用の存在、

鈍重で、無器用、へまばかりする連中だ。

冬は女たちのためのもの——
そしてこのひとりの女、くるみ材の揺りかごの傍らで
今なお編み物に精出して、身は球根のように寒さに震え、
黙りこみすぎて　ものも考えられない女のもの。

蜂の巣は生き永らえるか？　グラジオラスは
その赤い火を埋れ火にして貯えて
無事次の年まで持ち越すだろうか？
あのクリスマスのばらの花は、どんな味がすることか？
蜂たちは今飛んでいる。味わっているのは希望の春。

ダディ

あなたはおしまい、もうおしまいよ、
あなたという黒靴に、あたし三十年も
白くなるほど締めつけられて
呼吸《いき》することも、くしゃみもできずに、
がまんを重ねて住んできた足でしたけど。

ダディ、あなたを殺さなきゃならないといつも思ってた。
そうするひまがないうちに、あなたは先に死んじゃった――
大理石みたいに重たくて、神様がいっぱい詰まった鞄、
サンフランシスコのあざらしみたいに
大きな灰色の足先一本持って

気まぐれな大西洋に頭を浮かべた恐ろしいすがた。

そこは美しいノーセットの沖合で
波間の青に鮮やかな緑が混ざる。
あたしはあなたを取り戻すようにとお祈りしてたわ。
ああ、ドイツ人のあなた《ドゥ》を。

ドイツ語でお祈りを続けたわ、
戦争、戦争、戦争というローラーに
ぺちゃんこにされたポーランドの町で。
でもその町の名は珍しくもないもので、
あたしのポーランド系の友人に言わせると

一ダースか二ダースもそんな名の町があるそうよ。
だからあたしには分からなかった、
どこにあなたが、足を、根っこを置いたのか。
あなたに話しかけることもできなかった。
あごの中で舌がもつれて、

ひげ文字みたいな、とげとげの鉄条網にひっかかかった。

あたし《イッヒ》、あたし《イッヒ》、あたし《イッヒ》、あたし《イッヒ》、
あたしはドイツ語で話せなかった。
ドイツ人はみんなあなただと思い込んでいた。
そしてあのみだらな言葉は

機関車よ、まるで機関車、
ユダヤ人みたいにあたしを駆り立てて行く。
ダッハウへ、アウシュヴィッツへ、ベルゼンへとまっしぐらに。
あたしはユダヤ人みたいに話し始めた。
あたしがユダヤ人でもおかしくはない。

チロルの雪も、ウィーンの澄んだビールだって、
そんなに純粋でも真実でもありゃしない。
ジプシー女のご先祖と不幸な運勢、
それにあたしのタロット・カード、タロット・カード、
あたしはユダヤ人の端くれといってもいい。

あたしはずっと〝あなた〟を恐れて来たの。

ナチの空軍を持ち、変てこな言葉をしゃべるあなた、
それに小ぎれいな口ひげと
青くきれいなゲルマンの眼。
戦車兵、戦車兵、おおあなた——

神ではなくてかぎ十字、
真黒だから、青い空でもすり抜けられない。
女は誰でもファシストを称える、
黒い長靴《ブーツ》の顔へのひと蹴り、野獣みたいな
あなたのような凶悪な心の持ち主を。

あなたは黒板の前に立っているわ、ダディ、
あたしが持ってる写真の中で。
足じゃなくあごについてる裂け目、
それでもやっぱり悪魔のかたわれ、
あの腹黒い男と同じ仲間ね、
あたしの可憐な赤い心臓《ハート》を真っ二つに嚙み裂いた男と。

あなたの埋葬の時、あたしは十歳《とお》のはず。
二十歳《はたち》の時に、あたしは死のうとした、
あなたのもとへぜひ、ぜひ戻ろうと試みて。
骨だけだってそれができると思ったの。

だけどあたしは引き出され、
にかわで貼り合わされてしまった。
それからあたしは手段《てだて》を知った。
あなたのモデルを作ったの。
黒服を着て〝わが闘争〟の総統に似た顔立ち、

それにいろんな拷問道具が好きな男。
その男の前であたしは誓いの言葉を言った。
そしてね、ダディ、やりとげたのよ。
黒い電話は根元で切れて、
しつこい声ももう伝わらない。

一人の男を殺したとすれば、あたしは二人殺したわけ。

自分があなただと言い張ったあの吸血鬼、
あたしの血を一年間吸った男、
本当のことを言えば、七年間ずっと。
ダディ、やっとあなたは休めるわ。

あなたの肥った黒い心臓《ハート》に呪いの杭が打たれている。
村人たちはあなたを嫌った。
踊りまわって、みんなあなたを踏みつけている。
それがあなただといつだってみんな知っていた。
ダディ、ダディ、やくざなダディ。あたしはすっかりやりとげたのよ。

体温一〇三度

純粋って？　いったい何のこと？
地獄の舌は
萎えている、あの門の前で

ぜいぜい咳き込んでいる、鈍くてでっぷりした
〈地獄の犬《ケルベロス》〉の三枚の舌みたいに萎えている、
自分の震える腱をなめつくすことも

罪を、罪を、なめつくすこともできないままに。
熱いつけ木が泣いている。
消し去られたろうそくの

ぬぐえぬ匂い！

ほら、あなた、煙が低くうねりながら、
イサドラのスカーフみたいにわたしから湧き出るわ、
スカーフが一枚、車輪にからまってしまいそう。
こんな黄色の気むずかしい煙は
独特の元素を作り上げる。それは立ちのぼらずに

地球のまわりをうねり巡って、
年寄りやおとなしい人たちを痛めつけ、
いたいけな

ベッドに眠る未熟児を窒息させる、
空中に吊り庭園を吊るしている
青ざめた蘭の花を痛めつける、

凶悪な豹!
放射能はそれを白く変え
すぐに殺してしまったわ。

密通者たちの身体にヒロシマの
灰のように油を塗って侵蝕して。
罪、罪よ。

いとしいあなた、ひと晩じゅう
わたしの生命《いのち》は消えたり、ついたり、ゆらめいていた。
シーツはプレイボーイのキスのようにじっとりしている。

三日過ぎて。三晩経って。
レモン水に、チキンスープ、
水分が、水がわたしの食欲をなくさせる。

わたしはもう純粋すぎる、あなたにとっても誰にとっても。
あなたの身体は
世界が神を苦しめるようにわたしを苦しめる。わたしは提灯《ランターン》——
わたしの頭は和紙で作った

お月様みたい、金箔張りの皮膚は
とても繊細で値段が高い。

わたしの熱さにびっくりしない？　それにわたしの明るさにも。
ひとりでいるとわたしは大きな椿の花、
赤くほてって、ふくらんで、咲いたり散ったり。

わたしは空に向かって散っていくところ。
天空高く昇れそうよ——
熱い金属のじゅず珠が飛び交って、わたしは、ねえあなた、
わたしは純粋なアセチレン・ガスのように軽い
聖なる処女《おとめ》。
ばらの花に包まれ、

たくさんのキスに、天使に囲まれて、
こんなピンク色の表わすものすべてに囲まれて。
でも、あなたは駄目、彼も駄目、

彼は来られない、彼も来られない、
（わたしの自己はふたつとも、古いみだらな下着みたいに溶けて行くから）――
楽園には入れない。

ライアネス

ライアネスを口笛で呼んでも無駄ですよ！
海に沈んで、ひどく海に冷やされているから。
彼のひたいを押さえている、白くそびえる氷山を見てごらん——

それがライアネスの沈んだ場所。
彼の眼の
青の、緑の、灰色の、

ある時は金色まがいの波がその上を洗い、
丸いあぶくが
鐘や人びとや牛たちの口から
浮き上がって来る。

ライアネス人たちはいつも思っていた、
天国はこの世とはもう少し様子の違ったところだろうが、

同じ顔ぶれの人たちがいる
同じような場所なんだと……
でも驚いたりはしなかった――

透明な、緑の、呼吸しやすい大気や、
足もとの冷たい砂や、
蜘蛛の糸のように町や野をおおう水の眩惑などには。

けれども彼らがすっかり忘れられてしまって、
偉大なる神が
片眼を不精につぶって、彼らを滑らせ、
コーンウォールの崖から、あまたの歴史の眠る海の底へ
落としてしまうなどとは、夢にも考えはしなかった！
彼らは、神が微笑みながら、獣のように

そのエーテルの檻、星たちの檻の中で、寝返り打つのを見なかった。
なにしろ神はたくさん戦争をしたのだもの！
神の心は、白いあくびをしたその時は、本当に〝無心の状態《タブラ・ラサ》〟だったのだ。

エアリアル

暗闇の中の静寂。
それからほのかに青い
岩と遠景が流れ始める。

神の牡獅子は駆ける、
わたしたちは一体となる、
踵と両膝を軸にして！——わだちは
裂けて過ぎ去る。逃げて行く
頸筋の茶色の弧の
いとしい分身《かたわれ》となって。

真っ黒なひとみの

木の実が暗い釣り針を
背後へ投げる――

黒ずんだ口一杯の甘い血、
あまたの影。
何か別のものが

わたしを空中に放り出す。
両腿も、髪も。
踵からかけらが散る。

白い
ゴダイヴァとなって、わたしは剝ぎ取る――
死せる手を、死せる厳しいしがらみを。

今やわたしは
麦畑の泡立ち、海のきらめき。
子供の泣き声は

壁の中に溶ける。
そしてわたしは、
走る矢となり、

わが身を断とうと
飛び散る露となる、
煮え立つ大鍋、

真っ赤な朝の眼《まなこ》へと。

十月のひなげし

朝日に映える今朝の雲でさえ、こんなに赤いスカートははけない。
あるいは救急車で運ばれて行く
赤い心臓《ハート》が上着ごしに見事に花開いた女性にだって――

これは贈り物、愛の贈り物。
空からはまったく、
求められもしない贈り物。

蒼白く、そして燃え上がりながら
一酸化炭素に点火する空からは、
深い帽子の影で澱んでゆく目からは。

ああ、わたしを何だと思っているの、

霜のおりた森の、矢車菊の夜明けの中で、
遅咲きの、赤く開いた群がる口が、呼びかけて来るなんて。

ニックと燭台

わたしは洞穴《ほらあな》の坑夫。灯りが青く燃える。
蠟のような鐘乳石が
滴り集まる。それは大地の子宮が

死の倦怠の中から
滲ませ流す涙のしずく。
黒い蝙蝠みたいに　空気が

わたしを包む。破れたショール、
冷たい殺し屋たち。
彼らはすもものようにわたしにへばりつく。

カルシウムのつららが下がる

年老いた洞穴、古びたこだまの住まい。
信心深いあの牧師たち、

いもりでさえも色が白い。
そしてほら、魚、魚がいる——
なあんだ！　あれは氷のかけら、

刃のある万力、
わたしの生きた爪先から
初めての交わりの

血を飲み取ってゆくピラニアの宗教。
ろうそくは
のどを鳴らしてから僅かに高度を回復し、

黄色は元気を取り戻す。
ああ、可愛いあなた、どうやってここまで来られたの？
ああ、眠っていても、

縮こまった自分の姿勢を
忘れないでいるわたしの胎児よ。
きれいな血はあなたの中で花咲く、

可愛いルビー
目覚める時に
あなたが知る痛みは、まだあなたのものではない。

いとしいあなた、
わたしはこの洞穴にばらを吊るした、
やわらかい織物を――

ヴィクトリア朝風の最後のものを。
さあ、星たちを
その暗い住みかへ追い落とそう、

のろのろと歩く

水銀の原子など、あの恐ろしい井戸へ
滴り落とさせなさい。

あなたこそが唯一つ、
あまたの宇宙がうらやみながらもたれかかろうとする堅固な支え。
納屋に生まれた聖なる赤児。

甦《レイディ・ラザラス》りの女

またやりおおせた。
十年ごとに一度
わたしはやってのける――

奇跡の化身みたいなもの、わたしの皮膚は
ナチの作った電灯笠《ランプシェード》のように光り、
右足は

まるで文鎮、
わたしの顔は、眼も鼻もなく、うすっぺらの
ユダヤ人のリンネル。

布を剝いでごらん、

わたしの敵よ。
わたしがこわい?——

鼻と眼の穴とひと揃いの歯が?
すっぱい息なんかは
一日の内に消えるでしょうよ。

墓穴が食べたわたしの肉は
すぐに、すぐにもと通りに
わたしの身体に合ってきて、

微笑む女になるだろう。
わたしはまだ、たったの三十。
そして猫のように九回死ぬの。

これは第三の死。
十年ずつを消し去るなんて、
いともたやすいこと。

百万もの灯りがつけられる。
ピーナッツをもぐもぐと噛む群衆が
われがちに押し寄せて

手やら足やらわたしが解《ほど》かれていくのを見る——
すごいストリップショウだこと。
紳士がた、淑女たち、

これがわたしの両手です。
これが両膝。
今は骨と皮ばかりかも知れないけれど、

それでもわたしは、同じ女、他ならぬわたしよ。
一度目の時は十歳《とお》だった。
あれは単なる事故だった。

二度目の時にはわたしはもう

やり通して、戻っては来ないつもりだった。
貝さながらに

口を閉ざして揺れていた。
あの人たちに何度も呼ばれて、
まといつく真珠みたいにわたしから虫がはがされた。

死ぬことは、
一つの技術にすぎないの、人生のほかのすべてと同じこと。
わたしはそれをすばらしく上手にやるだけ。

わたしはそれを死にもの狂いでやる。
間違いなく本物だという風にやる。
天命を受けたように、と言ってもいい。

ひとりぼっちでそれをやるのはたやすいこと。
それをやってじっとしているのもたやすいこと。
続いては大向うをうならす

白昼の帰還《カムバック》、
同じ場所、同じお客、同じ野蛮な
野次馬の叫び声のもとへと。

「奇跡だ！」
その声に押されてわたしは飛び出す。
お代が要るよ、

わたしの傷を見るのにも、お代が要るよ、
この心臓の音を聞くのにも――
本当に動いているんだから。

まだお代が要る、とても高いよ、
わたしからたったひと言聞くのにも、さわるのにも、
血の一滴にも、

この髪の毛一本、服の切れ端少しにも。

はい、はい、ナチの博士様。
どうぞ、お偉いかたき様。

わたしはあなたの作品、
わたしはあなたの貴重品、
純金製の赤ん坊で

溶けると叫び声に変るもの。
わたしはぐるぐる廻りながら焼ける。
あなたの関心を過小評価などしない。

灰よ、灰――
あなたはつついたりかき廻したり。
肉も、骨も、そこにはないのに――

石鹸がひとつ、
結婚指輪に、
金の入れ歯だけ。

ナチの神様、悪魔様、
気をつけて。
気をつけて。

その灰の中から
わたしは赤い髪のまま立ち上がり
あなたたち男を空気みたいに食べるから。

ガリバー

横になったあなたの身体の上を雲がゆく、
高く、高く、ひんやりと。
見えないガラスに乗って漂うように

少し平たく見える雲。
水に浮かぶ白鳥とは違って
空に影を映すでもなく、

あなたとは違って
幾重もの糸で縛られているわけでもない。
あたりはとても冷たくまったく青い。あなたとは違って――

仰向けになって

空を見上げているだけのあなた。
あなたはちっぽけな蜘蛛男たちにつかまって、

小さな足枷《かせ》を十重二十重に巻きつけられている、
それは彼らの賄賂――
数えきれないほどの絹糸。

彼らはなんとあなたを嫌っていることか。
尺取り虫のように、あなたの指の谷間でささやき合う。
あなたを飾り棚の中に眠らせたがっている、

この爪先も、あっちの爪先も、遺骨として。
どきなさい!
二十マイルほど離れなさい、クリヴェリの中でぐるぐると回る、

あの距離ぐらい、離れなさい。
この眼を鷲のように舞い上がらせ、
この唇の影は深い谷に変わらせなさい。

死神会社

二人、もちろん二人いる。
そのことに今ではなんの不思議もない――
一人はいつも伏し目がちで、ウィリアム・ブレイクの眼のような
ふくらんだ目玉にまぶたがかぶさっている。
彼はひけらかす

商標《トレードマーク》の古疵を――
それは熱湯の火傷の跡、
コンドルの首の
むきだしの緑青色。
わたしは赤い肉だけれど、彼のくちばしは
わきを向いてカチカチと鳴る。まだわたしを食べはしない。

彼いわく、わたしは写真うつりが悪いのだそうな。
彼いわく、赤ちゃんたちは
病院の冷蔵庫の中でとても魅力的に見えるそうな。
首に簡素な

フリルをつけて、
それから彼らのイオニア風の
死のガウンについた何本かの縦ひだ、
その先の小さな二本の足だって。
彼はニコリともしない、煙草も吸わない。

もう一人の方は愛想がいいし煙草も吸う、
髪は長くて口上手。
けばけばしさを
自ら楽しむ卑しい男、
愛されることを望んでいる。

わたしはじっと動かない。

霜は一輪の花となり、
露はひとつの星を生む。
鈍い鐘の音、
鈍い鐘の音。

誰かが始末されたのだ。

マリアの歌

日曜日の羊《ラム》は脂肪が溶けてぱちぱち砕ける。
溶けた脂肪は
不透明な色を犠牲《いけにえ》にする……

窓、聖なる黄金。
火のお蔭でそれは貴重なものになる。
同じ火が
獣脂《あぶら》の異端者たちを溶かし、
ユダヤ人たちを追い立てた。
彼らの分厚い墓覆いは
ポーランドの瘢痕の上を、焼き払われた

ドイツの上を漂う。
彼らは死ぬことがない。

灰色の鳥が幾羽もわたしの心にとりつく。
口の灰、眼の灰。
鳥たちは住みつく。一人の男を

虚空へと
消失させたあの高い断崖の上で、
いくつもの炉《オーブン》が天空のように白熱して輝いた。

それはひとつの心臓《ハート》だ、
わたしが歩み入るこの全燔祭《ホロコースト》の供物は。
ああ、世界が殺して食べるであろう金色の子供よ。

冬木立

濡れた朝のインクが、画面を青く塗り変えて行く。
霧の吸取紙を当てられて、木立は
植物学の挿し絵のよう――
記憶は　年輪に年輪を重ねて育ち、
婚礼の連鎖を作る。

流産も密通も知らず、
人間《ひと》の女よりも誠実に
木々は楽々と種子《しゅし》を生む！
足を持たない風を味わい、
歴史に腰までひたっている――

翼に恵まれ、別世界の香りに満ち、

木立はレダのよう。
ああ、木の葉たちと愛しさの母よ、
この嘆き悲しむ《ピエタ》者たちは誰？
森鳩の影が歌っている、何も慰めてはくれないで。

ブラジリア

出現するのだろうか、
鋼鉄の胴を持つこの人々、
翼ある肘をそなえ、

その眼の穴に
雲の大群が表情を与えてくれるのを待つ
この鋼鉄の超人たち！——

そしてわたしの赤ん坊は釘になって
打ちこまれ、打ちこまれて。
坊やは潤滑油《グリース》の中できいきい叫び、
骨は彼方を嗅ぎ回る。

わたしはほとんど死にかけている、
赤ん坊の三本の歯が
わたしの親指をかじっていて——
それにあの星、
あの昔話。

小道でわたしは群がる羊と荷車《ワゴン》に出会う、
赤い大地、母なる血。
ああ、おまえ

白い光のように人々を貪り食う者よ、
この鏡だけは
手をつけず残しておいておくれ、

鳩の絶滅や、
勝利の栄光、
力の栄光と引き換えることなしに。

霧中の羊

丘は白い世界へと歩み去る。
人たちか星たちが
わたしを悲しげに見守るが、わたしは構わず消えて行く。

列車は一筋の溜め息を残す。
ああ、のろい
錆び色の馬、

蹄の音は　悲しげな鐘——
朝中かけて
朝は暗さを増してきた、

花一輪を別として。

わたしの骨は沈黙を保つ、
あの遠い野の風景がわたしの心を溶かすから。

野はわたしを、
星あかりも父の守りもない天へ、
暗い水へ誘いこもうとおびやかす。

秘法修行者

空気は鉤の付いた挽き臼——
解答のないいくつもの問いが、酔いしれて光っている、
真夏の松の木の下、
黒い大気をたたえて悪臭を放つ子宮の中で、
耐えがたいキスで肉を刺す蝿のように。

わたしは思い出す
木作りの船室に注ぐ日光の冷めた匂いや、
こわばった帆、潮風にさらされた長いシーツのことを。
ひとたび神に出会った者に、治療の術《すべ》があるだろうか？
その身体のすべてが

爪先一つ、指一本も残さずに召し上げられて、

太陽の大火の中、
歴史豊かな大寺院から長々と伸びる
火傷の跡の中で、干からび果ててしまった者に、
今となってはどんな治療の術があろうか？

聖体の拝領を薬としようか？
静かな湖水のそばを歩くか？　思い出だけにふけるとするか？
それとも、いつもおとなしく花をかじっていて、
高望みしないでいつも居心地いいと思っているりすたち――
輪のようなせんにんそうの蔭の

小さな、きれいな小屋に住む背中を曲げた生きものたち、
その面前で、キリスト様の聖体の
輝くかけらを拾うのがいいか？
優しさはあっても、大いなる愛はないものか？
青い海は

かつてその上を歩いた者を覚えているか？

意味はこの分子の塊から漏れて行く。
町の煙突が息を吐き、窓は汗ばみ、
子供たちは寝床の上でとび跳ねる。
太陽が花咲く、それはゼラニウムの花。

心臓はまだ止まってはいない。

言葉たち

斧

その一撃の後に森が鳴り響き、
こだまが走る！
中心から馬のように
遠ざかり消えて行くこだまたち。

樹液は
涙のように湧き出る、まるで
緑の草に侵《おか》された
白い頭蓋のような岩が
ころがり落ちた後で

すぐに水鏡を作り直そうと

あわただしい努力を重ねる
泉のように。
幾年も経った後、
わたしはそのこだまたちに路上で出会う——

干からびて、乗り手もいない言葉たちなのに、
疲れを知らないそのひづめの音。
一方では
深淵の底から、動かぬ恒星たちが
人生を支配する。

打ち傷

その場所に色が満ち溢れる、黒紫の色が。
身体の残りはすっかり洗い浄められる、
真珠の色に。

岩穴の中で
海がくぼみを執拗に吸う、
そこを海全体の要《かなめ》として。

蝿ぐらいに小さい
運命のマークは
壁に沿って這い下りる。

心臓が閉じて、

海は滑らかに退く。
鏡は覆い隠される。

風船

クリスマスこのかた、彼らはわたしたちと住んでいる。
あどけなく透明な
卵形の魂だけの生き物たち、
空間の半分を占領して、
絹糸の先で、目に見えない

空気の流れを擦って漂う。
攻撃を受けると、悲鳴をあげて
跳んで逃げ、やがてかすかに震えながら落ち着こうとする。
黄色い猫の顔、青い魚——
こんなおかしな月たちとわたしたちは暮らしている、
生命《いのち》のない家具の代わりに！

わらのマットに、白い壁、
それに、希薄な空気をたたえて動く
赤や緑のこの天体たち。
まるで、きらきら輝く

金属でできた羽根で
古びた土地を祝福する
自由な孔雀や、希望か何かのように、
人の心を喜ばせてくれる。
あなたの小さな

弟は、じぶんの風船を猫みたいに
鳴かせようと一所懸命。
風船の向う側に
おいしそうなピンク色の奇妙な世界が見えるらしくて、
一口嚙んで

それからぺたんと

坐りこむ。水のように澄んだ世界をみつめる
丸っこい水差し。
小さな握りこぶしに
赤い切れ端が残る。

縁《ふち》

その女は完成される。
彼女の死んだ

身体は成功の微笑をまとい、
ギリシャ風の宿命の幻影が
長衣《トーガ》の渦巻模様に流れる。
そのむき出しの
両足は語りかけるかのようだ、
「わたしたちははるばる歩いて来たのよ、でももう終った」

死んだ子供はみんな、白い蛇のように丸くなって、

ひとりずつ、小さな
ミルクの水差しを手にしているが、今は空《から》。
彼女は子供たちを

身体の中に折りこみ戻して来た。まるで
庭がこわばって、夜咲くばらの

甘くて深い咽喉の中から、血のように
香気が流れ出る時、ばらが花びらを閉ざすように。

月は悲しむことなど何もない、
白骨のような頭巾の蔭から見つめるだけ。

月はこんなことには慣れきっている。
彼女のまとう喪服は、ひび割れてだらだらと裾を引く。

あとがき

吉原幸子

もしこの詩集をまだか、まだかと待ちかねていてくださった読者があれば、お待たせしたのは私のせいだ。

十年にわたり詩誌「ラ・メール」編集の日々を過ごしつつ、その終り頃、私個人の仕事としてシルヴィア・プラスと向き合うこと——（いわば日本語での表現微調整係、たとえば〝おんなことば〟の問題など）を自らに課したのは身丈に余る誤算であった。

私は改めて読み耽り、同い年のシルヴィアの早すぎる死を想い、しばしば仕事は中断された。三十歳のカーヴを切った瞬間に何と苦しく、狂おしく彼女の主題が口をひらいて待ち受けていたことか——

私は生きた、シルヴィアの倍の年数を。

解題

皆見昭

シルヴィア・プラスは既に伝説の詩人と化しつつある。一九六三年に彼女が悲劇的な死を遂げてから三十年近くの歳月が流れてはいるが、彼女の母国アメリカにおいては特にこの傾向が著しく、この天才詩人に関する伝説の霧はますます濃く、その実像を覆い隠そうとしている。もう三十歳を超えた二人の子供はそれぞれ独自の人生を歩いているというのに、彼らを産んで育てようとした母親であった詩人の姿は、ややもすると見失われがちである。そして伝説の世界では、プラスはひたすら亡父のみを恋い慕いながら死を希求した孤独と薄命の女性詩人として位置づけられている。

これにはいくつかの理由が考えられる。プラスは、若年の頃から天才詩人として頭角を現わしていたが、二十歳の折にボストンの自宅で多量の睡眠薬を服んで自殺を企てた。この事件も当時かなり広く報道されている。その後、母国を離れて英国に留学し、その地でやはり当時若年の詩人テッド・ヒューズと結婚した。二年間だけ母国に戻ったものの、再び英国に渡って以後帰国することがなかった。従って二人の子供を出産したのも育てたのも母国アメリカから離れてのことである。六三年の彼女の悲劇的な死もその舞台は寒い冬のロンドンである。シルヴィア・プラスは孤独と憂愁の詩人であり、常に病的なほどの死の想念にとりつかれていたのだという、伝説的な虚像が彼女の母国アメリカにおいて形成されてもふしぎではないだろう。

しかし、シルヴィア・プラスはそのような尺度のみで測れる詩人ではない。この詩集の中の作品がそうであるように、プラスのすぐれた作品は、テッド・ヒューズを知り、彼の子を産み、更に彼に裏切られて自立を志したという経緯の中から生み出されていることを忘れてはならない。テッドに対する愛憎二様の想念と共に、女性であり母性でもあった芸術家の使命感が、これらの作品から噴き出しているのが見られるであろう。

血のほとばしりが詩なのだから、
それを止めることなど出来やしない。

――「親切」

シルヴィア・プラスは一九三二年十月にボストンで生まれたが、彼女が語ったように、「父方で言えば第二世代のアメリカ人、母方で言えば第三世代のアメリカ人」であった。父親のオットー・プラスは、ドイツ・ポーランド国境近くの町で生まれ、後にアメリカへ移住したドイツ人であり、母親のオーリリア・プラスは、もとウィーンに住み後にアメリカへ移住したオーストリア人の両親を持つ女性であった。この事情は、後に虚構をまじえて「ダディ」の中で展開されることになるのだが、ともあれ彼女のドイツ系及びオーストリア系の血統の意識は、幼時から潜在的な影響をプラスに与え続けていたものと思われる。

死についてのプラスの最初の経験は、八歳の時に父のオットー・プラスが病死したことである。当時オットーはボストン大学の生物学の教授であり、マルハナバチの研究を専門としていた。片脚切断の手術を受けた後の経過が思わしくなく、やがてこの世を去った父オットーに対する想念は、エレクトラ複合《コンプレックス》の形を取って若いプラスの詩や散文作品に屢々登場することになる。しかし彼女が生涯変らずその思慕の念を持ち続けていたか否かは別の問題である。

名門スミス女子大《カレッジ》に入学したプラスは、作品を雑誌に寄稿しながら着実に若い詩人としての道を進んでいるかのように思われた。それなのに五三年の夏に、自殺を企てて辛うじて救われるという事件を起している。この頃の事情は、自伝的な色彩の強い彼女の唯一の長篇小説、『ベル・ジャー』の中に記述されているが、事件の直前のニューヨークでの経験や、ボーイフレンドとの愛の破局、更に詩作の行きづまりなど、さまざまな要因が潜んでいるものと思われる。ともあれ数箇月の入院生活の後にスミスに戻ったプラスは、再び順調な学園生活を送り、やがて英国への留学を志すことになる。

一九五五年、スミスを卒業したプラスは、フルブライト奨学金を得てケンブリッジ大学に留学する。翌五六年、パーティーでテッド・ヒューズと知り合った彼女は、その年の六月にロンドンで挙式し、以後七年間の情熱と苦悩に満ちたテッドとの生活が始まるのである。

五七年、プラスはケンブリッジでの学業を終え、テッドを伴って帰国する。彼女は、母校スミス・カレッジに教職を得て翌年六月までを過ごすのであるが、教師としての激務のため詩作の時間が奪われるのを悩んで再び母校を去ることになる。そして五九年の冬、彼女はテッドと共に彼女の母国に最後の別れを告げた。

合衆国滞在中にプラスは既にテッドの子を宿していた。かつて精神的挫折を味わった詩人としては、出産の期待は同時に大いなる不安を伴うものであった。それ故に、六〇年の四月、ロンドンのフラットで第一子フリーダを出産した時、異国での自宅分娩を無事終えたという安堵感と共に、彼女は少なからぬ勝利の喜びにひたったのだった。同年の十一月には彼女が生前に世に送った唯一の詩集『巨像』が出版されたので、この年はプラスにとって二重の収穫の年となった。

翌六一年は不運と変転の年であった。この年の二月に、プラスは流産を経験し、更に三週間後に虫垂の切除手術を受けた。この時の経験は「チューリップ」や「三人の女たち」に生かされることになるのであるが、フリーダ出産の場合とは裏腹に、ここで彼女は喪失の苦汁を味わったわけだった。しかしまもなく彼女は第二子を宿したことを知る。そして九月には、ロンドンを離れて、英国の南西部、デボン州の一角に移住する。テッドは都会の喧騒を嫌ったし、プラス自身も英国の田園生活にかなりの期待を持っていたふしがある。

翌六二年は希望と苦難との年になった。一月に第二子ニコラスが誕生して、デボンでの生活には希望の花が開くかに思われた。しかし詩人の期待に反して、一家の団欒には運命の黒い影が忍び寄ろうとしていたのである。デボンに移住した後も、テッドは仕事上の必要に駆られて屢々ロンドンを訪れていた。そして、以前から多少知り合っていたアッシアという女性と恋に落ちた。

夫とアッシアとの関係をプラスが知ったのは五月の終り近くのことと思われる。七月の初めには、テッドの留守中にアッシアからの電話があって、プラスは夫の不実の確証を摑んだと思った。以後、夫妻の間に不和と緊張が続き、テッドはロンドンに去って、プラスは本気で離婚を考えるに至った。

しかし実生活における失意と緊張に抗して、プラスはこの時彼女の素晴しい芸術を開花させる道を選んだ。あるいは逆に、この緊張が彼女に集中的な創造の意欲をもたらしたということも出来よう。九月の終りから十一月の初めにかけて、詩人は精力的に三十数篇の詩を書き続けた。その中の多くのものに以前書いた数篇の詩を加えて、『エアリアル』詩集と名付けて出版する予定を立てていた。（死後出版された現在の『エアリアル』は、テッド・ヒューズとその姉の編集によるもので、プラス自身の構想とは多少異なっている。）

このような芸術的成果を得たものの、詩人の現実の生活は更にきびしい道を辿ろうとしていた。この年の十二月になると、彼女は二人の子供を伴って再びロンドンに戻った。

かつて大詩人イェイツが一時期を過ごしたというフラットを借りることが出来て、彼女はここで育児と詩作との自立した生活にひたるつもりであった。しかし十二月の終りから、ロンドンは記録的な大雪に見舞われて、プラスのフラットも水道管が凍結し停電も重なるという悲惨な事態を迎えた。翌年になってようやくこの大凍結に終止符が打たれたのだが、プラスはこの間ほとんど詩を書くことが出来なかった。彼女が詩作を再開したのは一月の終り近くであって、この頃詩人はもはや心身共に疲れ果てていたことと思われる。そして、翌月、六三年の二月に、子供たちにミルクの用意をしておいて、シルヴィア・プラスはガス自殺を果したのである。

彼女の死後『エアリアル』詩集が出版されて、プラスは英米両国において天才詩人の名をほしいままにするようになった。それと共に亡父オットーへの思慕を彼女の詩作の中核とする伝説が広まったことは、先述した通りである。『詩人の素顔』（研究社刊）に詳述しているように、筆者の見解はこれと異なるもので、この天才詩人の作品群、特に『エアリアル』に収められた名作は、テッド・ヒューズとの生活における愛と苦悩とを契機として生み出されたものだということを、再び強調しておきたい。

この訳詩集は、八一年に刊行された『シルヴィア・プラス詩集』二百二十四篇の中の四十六篇を訳出したものである。プラスは作品の最終稿の大部分に創作の日付を付して居り、編者テッド・ヒューズはそれに準拠して彼女の作品を整理している。

「追跡」、「森の神《フォーン》」、「婚礼を飾る花輪」、「水晶球占い師」は一九五六年、プラスがテッド・ヒューズと出会い、結婚した年の作品である。

「ハードカースル断崖」、「心騒がす詩神《ミューズ》たち」、「占い板《ウイジャ》」は五七年の作品である。この年、プラスは合衆国に戻って、スミス・カレッジで教職に就いている。

「彫刻家」、「五尋《ひろ》もの深みに」は五八年の作品である。プラスは教職を去り、この年の後半は主にボストンで暮らしている。

「シャーリー岬」、「アゼリア小道のエレクトラ」、「大屋敷の庭」、「巨像」、「石たち」は五九年の作品である。この年の冬、プラスは母国を去り、再び英国に向う。

「あなたは……」は六〇年の作品である。この年の四月、第一子フリーダが誕生する。

「あかつきの歌」、「チューリップ」、「嵐が丘」、「午前二時の外科医」、「月といちいの木」は六一年の作品である。この年は流産と虫垂切除を経験し、九月にはデボン州に移住している。

「ダートムアの新年」から「ブラジリア」に至る諸作品は六二年に作られた。この中で「蜂飼いの集まり」から「甦りの女《レイディ・ラザラス》」までの作品は特に十月中に作られている。この年の一月、第二子ニコラスが誕生した。六月終りにテッドとの不和が始まる。十二月初めにロンドンのフラットに移住する。

「霧中の羊」以下は六三年の二月五日までに作られた。二月十一日にプラスは二児を残してガス自殺を果した。

プラスは、二重三重の連想を生むイメージを駆使し、更に非常に豊かな音韻の技巧を用いる詩人であるので、その作品の翻訳にはいくつものヴァリエーションが可能である。それに、吉原さんは東京に、筆者は京都近郊に住んでいるという事情のために、調整にはかなりの時間を要した。この訳業の完成は編集部の努力に負う所が極めて大きいのである。

目次

本書は『シルヴィア・プラス詩集』(思潮社、一九九五年)を底本とし、再編集したものである。

作品のなかには差別的表現と捉えられかねない語句を含むものもあるが、発表された年代の状況に鑑み、原文通りとした。

著者略歴

シルヴィア・プラス　Sylvia Plath

米国の詩人。一九三二年、マサチューセッツ州に生まれる。スミス・カレッジに進学して創作に励み、五五年ケンブリッジ大学に留学。翌年に詩人テッド・ヒューズと出会い結婚する。二児を育てながら執筆を行ったが、六二年に別居。六三年ガス自殺。

訳者略歴

吉原幸子〈よしはら・さちこ〉

詩人。一九三二年、東京に生まれる。詩集『オンディーヌ』と『昼顔』で高見順賞受賞。一九八三年から一九九三年まで詩誌「現代詩ラ・メール」を新川和江と主宰した。二〇〇二年没。

皆見昭〈みなみ・あきら〉

英文学者。一九三一年生まれ。二〇〇二年まで京都ノートルダム女子大学教授。二〇一五年瑞宝中綬章受章。

シルヴィア・プラス詩集

シルヴィア・プラス著
吉原幸子　皆見昭訳

二〇二三年八月三一日
初版第一刷発行

装釘　鈴木哲生
編集　中村外
印刷　日本ハイコム株式会社
製本　加藤製本株式会社
発行　合同会社土曜社
〒一三五-〇〇六二
江東区東雲一-一-一六-九一一
doyosha.jimdo.com

マヤコフスキー　ズボンをはいた雲　小笠原豊樹訳

戦争と革命に揺れる世紀転換期のロシアに空前絶後の青年詩人が現れる。名は、V・マヤコフスキー。「ナイフをふりかざして神をアラスカまで追い詰めてやる！」と言い放ち、恋に身体を燃やしにゆく道すがら、皇帝ナポレオンを鎖につないでお供させる。1915年9月に友人オシップ・ブリークの私家版として1050部が世に出た青年マヤコフスキー22歳の啖呵が、世紀を越えて、みずみずしい新訳で甦る。

イリュミナシオン　ランボオ詩集　金子光晴訳

パリで詩人としての人生を焼き尽くした早熟の天才・ランボオの代表的詩集『イリュミナシオン』。若き頃妻とパリに流れ着いた金子光晴による翻訳が響き合う。表題作のほか、代表作『酔っぱらいの舟』等も収録。訳者による解説を付す。

ロルカ詩集　長谷川四郎訳

20世紀スペインを代表する詩人、ガルシア・ロルカ。アンダルシアの風土に独自の詩的イメージを開花させた詩を多数収録。実在の闘牛士の死を悼んだ「イグナシオ・サーンチェス・メヒーアスを弔う歌」のほか、「ジプシーのロマンス集」「タマリット詩集」より抜粋し訳者が編み直した。長谷川四郎による軽快な翻訳。

T・S・エリオット　荒地　西脇順三郎訳

第一次大戦後の荒廃するヨーロッパ、そしてスペイン風邪の流行というパンデミックの時代を背景として1922年に発表された長編詩。モダニズム文学を代表するこの作品を、同時代の詩人・西脇順三郎による翻訳でおくる。本邦初の完訳版。

アポリネール詩集　飯島耕一訳

20世紀フランス詩の開拓者・アポリネールの精選詩集。シャンソンの名曲「ミラボー橋」を含む詩集『アルコール』と『カリグラム』から選取したほか、想い人・ルウへの詩篇などを収める。自らも詩人であり、シュルレアリスム詩の再発見にも尽力した飯島耕一の名訳でおくる。